TU ES INVISIBLE

Titres de la collection

TU ES INVISIBLE

PAR SUSAN SAUNDERS

ILLUSTRATIONS : RON WING

Traduit de l'anglais par
ÉLISE CARTIER

Données de catalogage avant publication (Canada)

Saunders, Susan

Tu es invisible

(Choisis ta propre aventure ; 22)
Traduction de : You are Invisible.
Pour enfants.

ISBN : 2-7625-7197-9
I. Wing, Ron. II. Titre. III. Collection.

PZ23.S25Tu 1992   j813'.54   C92-096924-0

Dépôts légaux : 3ᵉ trimestre 1992
Bibliothèque nationale du Québec
Bibliothèque nationale du Canada

ISBN : 2-7625-7197-9   Imprimé au Canada

LES ÉDITIONS HÉRITAGE INC.
300, rue Arran, Saint-Lambert (Québec) J4R 1K5
(514) 875-0327

TU ES INVISIBLE

À LIRE AVANT DE DEVENIR INVISIBLE

La plupart des livres racontent les histoires des autres.

Celui-ci, c'est ton histoire à toi qu'il raconte.

Tu vas devenir invisible et ce qui t'arrivera dépendra entièrement de tes décisions.

Il ne faut pas lire ce bouquin d'une couverture à l'autre! Commence à la page 1, bien sûr, et parcours les premiers paragraphes, mais dès qu'on t'offre des choix, opte pour ce que tu as envie de faire et saute tout de suite à la page indiquée.

À la fin d'une histoire, reviens au début et vois ce qui se passerait si tu choisissais autre chose. Chaque décision t'entraînera dans une aventure palpitante.

Et alors, n'as-tu pas toujours rêvé d'être invisible? De voir sans être vu? Alors, vas-y! Tourne la page et... bonne chance!

Ta famille et toi venez d'emménager dans une grande maison ancienne. Il faudra beaucoup de travail afin de la remettre en état. Aujourd'hui, ton ami Robert et toi nettoyez le grenier. Vous trouvez toutes sortes de choses : des journaux, des boîtes mystérieuses et quelques grands coffres rouillés.

En ouvrant un de ces coffres, vous trouvez des vêtements fort étranges : une robe en tissu lamé, ornée de perles, un veston à carreaux et une longue cape munie d'un capuchon. La cape semble être grise mais dès que tu la sors du coffre, elle scintille et émet toutes sortes de petites étincelles colorées.

Tu mets la cape. Elle te couvre de la tête aux orteils mais elle est si légère que tu t'aperçois à peine que tu la portes.

Afin de voir de quoi tu as l'air, tu te rends dans un coin du grenier où se trouve un vieux miroir fendu.

Tourne la page.

2   Tu regardes dans le miroir. Mais tu as beau chercher, tu n'y es pas! Tu ne vois ni tes bras, ni tes pieds et encore moins tes jambes! À vrai dire, tu ne vois rien! Même pas la vieille cape!

— Hé! où es-tu passé? demande Robert. Je n'ai pas envie de faire tout le travail tout seul.

Mais pourtant, Robert est juste devant toi et il te regarde bien en face! Est-ce qu'il te fait une blague ou... *serais-tu devenu invisible?*

Devrais-tu révéler le secret de la cape magique à Robert? Ou préfères-tu ne pas lui en parler pour le moment?

*Si tu parles de la cape à Robert,
passe à la page 12.*

*Si tu décides de te faufiler hors du grenier
sans dire un mot, va à la page 22.*

4   Tu décides d'aller voir ce qui se passe un peu plus loin dans la rue. Tu quittes le terrain de base-ball et tu cours vers l'endroit d'où proviennent les cris.

Tout en courant, tu entends un bruit fracassant et d'autres cris de personnes en colère :

— Tu as cassé mes vitres ! Tu vas me le payer !

Tu tournes dans la rue Principale et sur le trottoir, tu vois quelqu'un qui court vers toi. C'est

Richard, un garçon costaud qui aime faire peur aux autres — y compris toi et tes amis — avec toutes sortes de menaces.

Monsieur Larigot, le boucher, est à la poursuite de Richard de même que Guy, le coiffeur, et madame Beaudart, la bibliothécaire.

Saute à la page 9.

5

6 Tu ne veux pas te séparer de la cape mais tu ne veux pas non plus te disputer avec Robert.

— Bon d'accord, concèdes-tu finalement. Coupons-la en deux.

Tu trouves des ciseaux. Robert plie la cape et la coupe en deux parties égales.

La cape était si ample que même coupée, chaque moitié est encore très grande. Robert se couvre de sa moitié. Tu l'entends qui descend l'escalier et qui sort de la maison par la porte avant. Tu t'empresses de revêtir ta propre moitié et tu te lances à sa poursuite car tu es curieux de savoir ce qu'il s'apprête à faire.

Tu écoutes le bruit de ses pas pour te guider mais en même temps, tu observes quelque chose de nouveau : lorsque Robert est au soleil et que la lumière passe à travers la cape et son corps, il est tout à fait invisible ; *mais* lorsqu'il est *dans l'ombre,* tu parviens à voir une silhouette grise, à peine visible, qui trottine le long de la rue.

Passe à la page 43.

8   Tu sais très bien ce qui arrive à ceux qui tentent de passer sans payer. On leur fait balayer l'entrée au complet! Tu pouffes de rire en imaginant Robert en train de pousser son balai.

Oups! tu as ri trop tôt... tu avais oublié que l'employé du cinéma peut très bien te voir, *toi aussi*!

Fin

Richard est deux fois plus gros que toi! Est-ce que tu devrais essayer de l'arrêter en le faisant trébucher? Ou alors, si tu te mettais à japper et à grogner comme un chien méchant, peut-être lui ferais-tu assez peur pour l'empêcher de continuer.

Si tu essaies de faire trébucher Richard,
va à la page 33.

Si tu jappes et grognes comme un
chien méchant, saute à la page 50.

10   Tu décides de te retirer de la situation et tu vas vite te cacher derrière le gros arbuste en bordure de la rue.

Juste à temps! Richard-les-bras-forts ouvre la porte de la maison et... PLOF! Un ballon rempli d'eau lui éclate en pleine figure!

Il a à peine le temps de réagir et... PLOF! Une autre explosion mouillée sur son tee-shirt. PLOF! Et encore une!

Mais tout à coup, tu éternues: «Aaaaaaaa-TCHOU!»

— Sors de là, espèce de petit morveux! hurle Richard en s'essuyant le visage.

Il pense que c'est toi qui a lancé les ballons!

— T-t-t-tu es mieux de f-f-f-faire attention! parviens-tu à bégayer. Je suis ceinture n-n-n-noire au judo!

— Ha! Viens ici, pour voir! Moi, je suis expert «œil au beurre noir» avec mes poings! dit-il en s'avançant vers toi.

Passe à la page 52.

12

— Mais je suis devant toi! dis-tu à Robert en enlevant la cape.

Robert reste bouche bée en te voyant apparaître devant lui.

— C'est à cause de cette cape, lui expliques-tu. Là, tu me vois...

Tu remets la cape.

— Et là, tu ne me vois plus!

— C'est incroyable! Qu'est-ce que je pourrais m'amuser avec un truc pareil!

Robert veut prendre la cape. Il te l'arrache des épaules.

— C'est ma cape! lui cries-tu en t'accrochant à un bout d'étoffe. C'est moi qui l'ai trouvée!

— Elle est très grande... Et si on la coupait en deux? demande Robert. On pourrait chacun en porter une moitié.

Si tu es d'accord pour couper la cape,
reviens à la page 6.

Si tu ne veux pas couper la cape,
va à la page 30.

Michel court de toutes ses forces vers le premier but. Tu resserres la cape autour de toi et tu cours encore plus vite que lui.

Le joueur de champ gauche ramasse la balle et la lance au premier but mais tu es là à temps pour empêcher qu'elle ne soit captée. Tu ramasses la balle à ton tour et tu la fais rouler vers le marbre.

— Mais qu'est-ce qui se passe? s'exclame le joueur de premier but.

Michel passe le premier but, puis le deuxième, et se met à courir vers le troisième. Le receveur ramasse la balle pour la lancer au troisième but.

13

Saute à la page 29.

14   Tu n'auras qu'à revenir plus tard pour les pommes de monsieur Gazaille. Pour l'instant, c'est l'heure d'une petite partie de baseball invisible. Tu pars en courant et tu te rends jusqu'au terrain où jouent tes amis.

Ton ami Michel est au bâton. Tu sais qu'il n'est pas un très bon frappeur et d'ailleurs, quelques-uns des enfants se moquent de lui :

— Dans le beurre, poisson ! crient-ils.

— Déjà deux prises ! Retire-toi toi-même, le poisson !

Michel les ignore et donne des petits coups sur le marbre avec le bout de son bâton. Le lanceur se prépare pour un autre lancer et...

Tu te précipites vers Michel. Au moment où le lanceur laisse partir la balle, tu bondis devant le marbre et avant même que Michel n'ait le temps de prendre son élan, tu attrapes la balle et tu la lances de toutes tes forces au champ gauche.

Passe à la page 24.

Tu décides de cueillir quelques pommes dans l'arbre de monsieur Gazaille. Ce dernier regarde dehors par la fenêtre de son salon. Tu en profites pour lui tirer la langue car, depuis que tu es invisible, tu te sens bien brave!

Tu espères que Bruno est en train de faire une sieste ou qu'il se trouve quelque part à l'arrière. Tu t'apprêtes à grimper dans l'arbre quand soudain, tu renifles une odeur alléchante! Avec de grandes précautions, tu vas jusqu'à la porte-moustiquaire et tu jettes un coup d'œil dans la cuisine. Miam! Sur la table trônent deux tartes aux pommes encore fumantes, tout juste sorties du four.

S'il y a quelque chose dont tu raffoles encore plus que des belles pommes rouges, ce sont les tartes aux pommes chaudes! Et monsieur Gazaille et sa femme en auraient sûrement bien assez d'une seule!...

Devrais-tu prendre une des tartes? Ou préfères-tu remonter dans l'arbre et cueillir des pommes fraîches?

Si tu prends une tarte,
va à la page 27.

Si tu grimpes dans l'arbre,
saute à la page 25.

18   Tu entends plusieurs autres personnes crier dans la rue. Tu te dis que, peu importe le problème, il y a assez de gens sur place pour le régler. Tu décides de rester à la partie de baseball.

Camille, la sœur de Robert, est la suivante au bâton. Camille arrive presque toujours à frapper la balle sauf qu'elle ne l'envoie jamais très loin. Tu vas te poster près de l'inter et tu attends.

Le lanceur envoie un tir facile vers le marbre : Camille, déterminée, s'élance de toutes ses forces et... rate la balle. PRRRRRRRISE UN ! Encore un lancer en provenance du monticule et... PRRRRRRRRISE DEUX ! Le lanceur se prépare une fois de plus et cette fois-ci, lance une balle rapide : Camille la frappe en droite ligne entre toi et l'inter !

Est-ce que l'inter va sauter sur la balle à temps ? Pas question, car tu en as décidé autrement ! Tu donnes un bon coup de pied sur la balle pour la projeter vers le champ gauche et grâce à toi, Camille peut se rendre jusqu'au troisième but !

Tu passes ainsi une agréable après-midi à jouer au baseball invisible. Et grâce à toi, Michel frappe un autre coup de circuit et Camille marque deux points.

Finalement, le soleil commence à disparaître derrière la cime des arbres et la partie se termine.

Passe à la page 46.

Tu tâtonnes un peu avant de parvenir à trouver Robert, à lever la cape et à te glisser rapidement en dessous. Maintenant, vous êtes tous les deux invisibles.

— Tu vas tout gâcher, chuchote Robert.

Et il te donne une poussée qui te fait tomber à la renverse. Dans ta chute, tu entraînes la cape avec toi, laissant le pauvre Robert à découvert avec ses ballons remplis d'eau.

Tu lèves le regard juste au moment où Richard sort de la maison. Il ne peut te voir puisque la cape te couvre toujours mais il voit très bien Robert.

— Tiens, tiens... Et qu'est-ce que tu comptes faire avec ces ballons gonflés d'eau ? grogne Richard.

— Euh... Eh bien, je...

Et c'est tout ce que Robert parvient à dire. Il a si peur qu'il en laisse tomber les ballons : PLOF ! PLOF ! et re-PLOF ! Ils éclatent tous à ses pieds.

— C'est en plein ce qu'il fallait faire ! se moque Richard. Pauvre petit *Bébert* : il a mouillé ses chaussettes...

Richard s'approche de Robert, les poings levés comme un boxeur. Vite ! Il faut que tu fasses quelque chose car tu crains que Richard ne règle son compte à ton ami.

Saute à la page 28.

22 Tu décides que tu n'es pas encore prêt à parler de la cape à Robert. Tout d'abord, tu veux en faire l'essai toi-même.

Tu retiens ton souffle et, sur la pointe des pieds, tu fais le tour de Robert. Tu ne te trouves qu'à quelques centimètres de lui et malgré cela, il ne peut te voir. Tu descends l'escalier à pas de loup et de Sioux et tu sors de la maison.

Dès que tu es à l'extérieur, tu entends crier : « Le suivant au bâton ! » Ce sont tes amis qui jouent au baseball dans le terrain vague qui se trouve au bout de la rue. Tu te dis que ça serait amusant de faire une petite partie de baseball invisible et tu te diriges rapidement vers le terrain.

Mais tu passes devant la maison de monsieur Gazaille. C'est lui qui possède les plus beaux pommiers de toute la ville... et c'est lui aussi qui n'aime pas du tout les enfants. Et son gros chien boxer, Bruno, est tout à fait comme lui.

Tu regardes les beaux gros fruits rouges qui ont l'air si appétissants que tu en as l'eau à la bouche. Est-ce que tu devrais t'arrêter pour en cueillir quelques-uns ? Après tout, tu es invisible ! Ou préfères-tu te rendre directement à la partie de baseball ?

Si tu décides de cueillir des pommes, reviens à la page 17.

Si tu vas directement à la partie de baseball, va à la page 14.

24

— Hé! Michel a frappé si vite que je n'ai même pas vu son bâton bouger, murmure le lanceur.

Mais Michel est tellement surpris qu'il reste figé au marbre.

— Mais cours, espèce de nigaud! lui cries-tu, oubliant pour un instant que tu es invisible.

Passe à la page 13.

Tu sautes afin d'attraper à deux mains la plus basse branche du pommier. Tu es en train de grimper lorsque soudain, une de tes mains glisse et...

— Hooooooooo! cries-tu.

Tu es *presque* tombé!

Monsieur Gazaille et Bruno t'ont entendu! Ils se précipitent hors de la maison.

— Qui est là? Qui est dans mon pommier? hurle monsieur Gazaille.

Il est là, en bas, près du tronc de l'arbre et il cherche du regard dans les branches. Même s'il ne peut te voir, tu es un peu effrayé et tu décides de grimper plus haut sauf que... en bougeant ainsi, tu fais tomber quelques pommes qui vont s'écraser sur monsieur Gazaille et sur son chien Bruno.

Saute à la page 36.

Ces tartes ont l'air si délicieuses! Et l'occasion est trop belle: il n'y a personne dans la cuisine et... tu es invisible, n'est-ce pas?

La porte-moustiquaire grince un peu lorsque tu la pousses. Sur la pointe des pieds, tu vas jusqu'à la table. Les tartes sont là, encore chaudes... Tu brises un morceau de croûte et tu le manges.

Miam! Elle goûte aussi bon qu'elle en a l'air! Tu prends une cuillère et tu te lances dans la tarte. Hmmm!... Elle est savoureuse. Mais à peine en as-tu dégusté quelques bouchées que tu es interrompu par un long grognement menaçant. Aïe! C'est *Bruno!*

Tu restes figé comme une statue, osant à peine respirer.

Va à la page 34.

28   Tu te remets vite sur tes pieds. Toujours enveloppé de la cape, tu fais le tour de Richard. Une fois derrière lui, tu enlèves la cape.

— Hé, le patapouf! lui lances-tu.

Pendant que Richard fonce sur toi, Robert déguerpit du côté de la rue. Vite, tu remets la cape et tu files à fond de train jusqu'au bout du jardin.

Richard fait tellement de zigzags pour te retrouver que la tête lui tourne.

— Où es-tu, vermine? Ver de terre! crie-t-il.

— Par ici, grosse patate! lui cries-tu en enlevant la cape encore une fois.

Passe à la page 44.

— Hé, le receveur! Par ici! cries-tu, toujours posté au premier but.

Le receveur pivote sur elle-même en direction du premier but. Elle est tellement confuse qu'elle en laisse tomber la balle. Elle la ramasse et finalement, la lance au troisième but mais trop haut, et son tir passe par-dessus le joueur de troisième but. Voyant cela, Michel en profite pour courir jusqu'au marbre!

— Avez-vous vu ça? Michel a frappé un circuit! s'exclament ses coéquipiers.

Mais tout à coup, juste un peu plus bas dans la rue, tu entends quelqu'un crier:

— À l'aide! Police! Arrêtez-le!

As-tu envie d'aller voir ce qui se passe? Ou préfères-tu rester où tu es?

*Si tu décides d'aller voir ce qui se passe,
reviens à la page 4.*

*Si tu restes à la partie de baseball,
saute à la page 18.*

30 — Je ne veux pas couper la cape en deux, dis-tu à Robert. Et si elle n'avait plus ses pouvoirs une fois coupée?

— Alors portons-la chacun notre tour, suggère Robert. Je passe en premier parce que je suis ton invité.

Et il te prend vite la cape des mains pour l'endosser. Tu entends ses pas qui résonnent dans l'escalier.

— Hé! Portons-la tous les deux ensemble! lui cries-tu en accourant derrière le bruit de ses pas.

— Non. J'ai un compte à régler avec Richard, répond Robert. Tu me gênerais!

— Mais tu es fou! rétorques-tu en essayant toujours de le suivre. Tu parles de «Richard-les-bras-forts»? Il va t'avaler tout rond!

— Pas si je suis invisible, affirme la voix de Robert.

Tu l'entends qui s'éloigne dans le couloir et tu le suis jusque dans la cuisine. Tu vois le blouson de Robert suspendu dans les airs et plusieurs ballons non gonflés qui semblent flotter hors des poches jusqu'à l'évier.

Tu ne peux distinguer Robert mais tu vois très bien l'eau du robinet qui remplit les ballons jusqu'à ce qu'ils soient juste sur le point d'éclater!

Va à la page 38.

Tu te mets à quatre pattes par terre afin de faire **33**
trébucher Richard. Puisque tu es invisible, il
devrait se prendre les pieds et faire une culbute
par-dessus toi. Tu repousses un peu le capuchon
de la cape afin de mieux le voir venir mais soudain, Richard s'arrête si brusquement qu'il en perd
presque ses chaussures.

— Haaaaaaa! hurle-t-il, pâle comme un mort.
Nooooon! Reste loin de moi!

« Mais qu'est-ce qui lui prend? » te demandes-
tu, intrigué.

Richard fait vite demi-tour et se précipite vers
monsieur Larigot en criant:

— Au secours! Aidez-moi!

« Eh bien maintenant, il vont l'attraper! » te
dis-tu.

Passe à la page 41.

34 Les crocs sortis, Bruno s'amène à pas feutrés jusqu'à la table.

«*Du moment que je ne bouge pas, je suis sauf*», penses-tu.

Mais même si Bruno ne peut te voir ou t'entendre... il a du *flair!* Il pousse un grognement et saute sur toi en refermant ses crocs sur un bout de ta cape. Tu essaies de te dégager mais le boxer a la mâchoire solide! Tu entends des pas qui s'empressent vers la cuisine... Monsieur Gazaille! Ouille! Tu es pris au piège...

— Mais arrête ça! Qu'est-ce qui te prend? crie monsieur Gazaille à son chien.

Tu tires d'un coup sec sur la cape et tu t'assures que tu es bien couvert et toujours invisible.

— Et en plus, tu as mangé de la tarte! s'indigne monsieur Gazaille.

Il attrape le chien par le collier et le tire loin de toi. Bruno cherche encore à te mordre.

— Mauvais chien! Tu te passeras de souper ce soir!

Tu reprends une autre bonne cuillerée de tarte en ressentant un peu de regret pour le pauvre Bruno... mais vraiment, juste un tout petit peu de regret...

Fin

Bruno laisse échapper un petit jappement et monsieur Gazaille sautille de tous côtés pour éviter les pommes.

— Il se passe quelque chose de très étrange! dit-il d'un ton rempli de colère. Et je ne bougerai pas d'ici tant que je ne saurai pas ce que c'est!

Bruno grogne comme pour dire : «Moi non plus, je ne bouge pas!»

C'est heureux que tu aimes les pommes parce qu'il se peut que tu passes un très, très long moment perché dans cet arbre!

Fin

38   Une fois remplis d'eau, les ballons disparaissent sous la cape magique de Robert.

Tu vois la porte s'ouvrir et se fermer, et tu entends Robert qui descend l'escalier de la galerie. Tu suis le bruit que font ses pas sur le trottoir jusque devant la maison de Richard.

— Hé! Riiiichard! crie Robert. Riiiiichard-les-bras-morts! Sors donc, future poule mouillée!

Oups! Tu t'aperçois que lorsque Richard ouvrira la porte, il ne verra personne d'autre que... *toi*, tout seul au milieu de la pelouse! Et il va penser que c'est *toi* qui lui a lancé des insultes!

Mais il n'y a plus assez de temps pour s'enfuir. Il te faut une cachette, et vite! Est-ce que tu te précipites sous la cape, avec Robert? Ou vas-tu bondir derrière ce gros arbuste touffu, près de la rue?

Si tu décides de te cacher sous la cape avec Robert, saute à la page 21.

Si tu sautes derrière l'arbuste, reviens à la page 10.

Mais monsieur Larigot se met à courir lui aussi.

— J-je-je le vois! Mais je n'en c-c-crois pas mes yeux! parvient-il à articuler. C'est... C'est horrible!

«*Mais qu'est-ce qu'il y a de si horrible?*» te demandes-tu.

Tu regardes partout autour mais tu ne vois rien d'inhabituel.

— Haaaaaaaaa!

PLOFFF! Madame Beaudart s'évanouit et tombe étendue sur le trottoir.

Soudain, tu entends Guy, le coiffeur, hurler d'horreur:

— Haaaaaaaa! Une tête flottante!

Il se rue aussitôt dans sa boutique et verrouille la porte à double tour!

Une tête flottante?

En te remettant debout, tu aperçois dans une vitrine le reflet de quelque chose de très bizarre: lorsque tu as repoussé le capuchon de la cape, tu as découvert seulement ta tête mais pas *le reste de ton corps* qui est ainsi demeuré invisible. Alors on dirait que ta tête flotte! La tête flottante, c'est *toi!*

Fin

Tu continues à suivre Robert le long de la rue. **43**
De toute évidence, il croit qu'il est invisible. Il ne
se rend pas compte qu'une demi-cape ne fonc-
tionne... qu'à demi!

Tu le suis toujours au moment où il arrive au
cinéma. Robert passe devant le guichet sans être
vu. Les portes battantes de l'entrée semblent
s'ouvrir et se fermer d'elles-mêmes. Tu te dépê-
ches pour entrer juste derrière lui.

Dans l'entrée bien éclairée, Robert est tout à
fait invisible. Tu vois une boîte de maïs soufflé flotter dans les airs et disparaître sous la moitié de
cape de Robert. Ensuite, la porte qui donne sur la
salle où on projette le film s'ouvre et Robert entre.
Tu le suis.

Dans la salle où règne l'obscurité, Robert
devient tout à fait visible. L'employé du cinéma
peut le voir aussi clairement que n'importe quelle
autre personne.

— Hé l'ami! une petite minute, dit-il d'un ton
peu rassurant. On peut voir ton billet?

Reviens à la page 8.

44   Richard court vers toi. À la dernière minute, juste au moment où il va fondre sur toi, tu remets la cape et tu fais un pas de côté. *Oooooooooups!* Richard vient de trébucher contre une chaise pliante de jardin!

Mais tu pourrais bien passer toute l'après-midi à t'amuser comme ça! Tu cours vers un des côtés du jardin et au moment où tu t'apprêtes à crier quelque chose d'encore plus malin, tu t'aperçois que tu ne portes plus la cape! Elle a dû tomber lorsque tu courais.

Tu es très *visible*... Et voilà le gros Richard qui s'approche!

Fin

46	Tu veux parler à Camille et Michel mais tu ne veux pas les effrayer. Tu t'esquives derrière un arbre, tu enlèves la cape et tu la replies soigneusement.

— Holà! Camille! Michel! Attendez-moi! leur cries-tu.

Ils se retournent.

— Qui a dit ça? demande Michel.

Intriguée, Camille hoche la tête.

— Je ne vois personne!

Mais pourtant ils *doivent* te voir puisque tu te trouves juste devant eux! C'est alors que tu regardes vers tes pieds et tes mains et que... tu ne vois rien non plus! Tu ne portes plus la cape mais tu es toujours invisible!

— Oh non! gémis-tu. Quelque chose ne tourne vraiment pas rond!

Passe à la page 53.

Pas besoin de patienter trop longtemps pour le savoir : le lundi suivant, Richard t'attend dans l'escalier devant l'école.

Tu prends une grande inspiration et bravement, tu dis :

— Salut, Richard !

Peut-être que lorsqu'il t'a entendu dire «Salut », Richard a pensé que tu allais recommencer tes «*Saaaa-yonara*» car en une seconde, il a grimpé les marches et est disparu dans l'édifice. Ha ! Il n'est pas prêt de revenir se mesurer au célèbre et terrifiant Kid Karaté !

Fin

50 Tu optes pour la tactique «chien méchant »: tu te mets à japper en essayant d'imiter le berger allemand de ta grand-mère lorsqu'il est en colère :

— GRAOUF! GRAOUF! WRAOUF!

Richard ralentit un peu en entendant ces aboiements.

— A-WOUUU! A-WOUUUU! WOOOOUUUF! continues-tu de plus belle, hurlant comme le chien esquimau de ta voisine lorsqu'il est de mauvais poil.

Richard cesse de courir et jette un coup d'œil nerveux aux alentours.

Et maintenant, pour le coup de grâce, tu imites le vilain grognement de Bruno, le vieux boxer maussade de monsieur Gazaille :

— GRRRRRRRRRRR... GRRRRRRRRRRR... GRRRRRRRRRRAOUF!

Ça y est! Ça marche! Richard fait brusquement demi-tour et détale en droite ligne vers les gros bras musclés de monsieur Larigot!

Pour t'amuser, tu grognes une dernière fois mais... tout à coup, il y a un écho juste derrière toi! C'est le *vrai* Bruno, en chair et en os. Il ne te voit pas mais il peut toujours te *sentir*!

Fin

52   Richard se précipite sur toi.

— *Saaaaa-yonara!* cries-tu en faisant semblant de connaître le karaté.

Tu donnes un coup de pied dans les airs et... POUF! Richard tombe les quatre fers en l'air!

— Hé! Arrête ça! dit Richard, en se remettant lentement debout.

Tu sais très bien que tu ne l'as même pas touché mais... tu as une bonne idée de *qui* est venu à ton aide!

— *Saaaa-yonara!* reprends-tu de plus belle...

Il n'en faut pas plus pour que Richard s'enfuie en courant vers la maison et referme vite la porte derrière lui.

— On l'a eu! On l'a eu! jubile Robert, encore invisible, quelque part devant toi.

Tu es bien content que Robert soit venu à ta rescousse aujourd'hui mais que va-t-il se passer la prochaine fois que tu rencontreras Richard?

Reviens à la page 49.

Et tout à coup, tu aperçois une étiquette bleue cousue à l'intérieur de la cape. Tu y lis ce texte, écrit en toutes petites lettres : ATTENTION : UNE UTILISATION ENTRAÎNERA LA DÉCOLORATION.

Aïe! Aïe! Aïe! Il y n'a pas que la cape qui se soit décolorée... On dirait que *toi aussi,* tu as perdu des couleurs!

Fin

L'AUTEUR

Susan Saunders a grandi dans un ranch au Texas, où elle a appris à monter les chevaux de rodéo. Diplômée du collège Barnard, elle a été tour à tour céramiste et producteur de films pour enfants. Madame Saunders, qui réside actuellement à New York, est aussi l'auteur de plusieurs autres livres pour enfants.

L'ILLUSTRATEUR

Ron Wing est illustrateur et caricaturiste. Il collabore depuis plusieurs années à diverses publications humoristiques, pour les jeunes et les moins jeunes. De plus, il a aussi illustré plusieurs autres livres de la collection *Choisis ta propre aventure*. Monsieur Wing réside maintenant à Benton, en Pennsylvanie.

ACHEVÉ   D'IMPRIMER
EN   AOÛT   **1992**
SUR LES PRESSES DE
PAYETTE & SIMMS INC.
À SAINT-LAMBERT, P.Q.